Nota para los padres y encargados:

Los libros de *Read-it!* Readers son para niños que se inician en el maravilloso camino de la lectura. Estos hermosos libros fomentan la adquisición de destrezas de lectura y el amor a los libros.

 El NIVEL MORADO presenta temas y objetos básicos con palabras de alta frecuencia y patrones de lenguaje sencillos.

 El NIVEL ROJO presenta temas conocidos con palabras comunes y oraciones de patrones repetitivos.

 El NIVEL AZUL presenta nuevas ideas con un vocabulario más amplio y una estructura gramatical más variada.

 El NIVEL AMARILLO presenta ideas más elevadas, un vocabulario extenso y una amplia variedad en la estructura de las oraciones.

 El NIVEL VERDE presenta ideas más complejas, un vocabulario más variado y estructuras del lenguaje más extensas.

 El NIVEL ANARANJADO presenta una amplia de ideas y conceptos con vocabulario más elevado y estructuras gramaticales complejas.

Al leerle un libro a su pequeño, hágalo con calma y pause a menudo para hablar acerca de las ilustraciones. Pídale que pase las páginas y que señale los dibujos y las palabras conocidas. No olvide volverle a leer los cuentos o las partes de los cuentos que más le gusten.

No hay una forma correcta o incorrecta de compartir un libro con los niños. Saque el tiempo para leer con su niña o niño y transmítale así el legado de la lectura.

Adria F. Klein, Ph.D.
Profesora emérita, California State University
San Bernardino, California

Redacción: Jacqueline A. Wolfe
Composición: Amy Bailey Muehlenhardt
Dirección creativa: Keith Griffin
Dirección editorial: Carol Jones
Dirección ejecutiva: Catherine Neitge
Las ilustraciones de este libro se crearon con acuarela y lápiz.
Traducción y composición: Spanish Educational Publishing, Ltd.
Coordinación de la edición en español: Jennifer Gillis/Haw River Editorial

Picture Window Books
1710 Roe Crest Drive
North Mankato, MN 56003
877-845-8392
www.capstonepub.com

Copyright © 2007 Picture Window Books Derechos reservados. Ninguna parte de esta obra puede ser reproducida sin consentimiento por escrito del Editor. El Editor no se responsabiliza del uso de ninguno de los materiales o métodos descritos en este libro, ni de los productos de ellos.

Impreso en los Estados Unidos de América en Eau Claire, Wisconsin.
122916
010205R

**Library of Congress Cataloging-in-Publication Data**
Klein, Adria F.
[Max goes to the barber. Spanish]
Max va a la peluquería / por Adria F. Klein ; ilustrado por Mernie Gallagher-Cole ; traducción, Clara Lozano.
p. cm. — (Read-it! readers)
Summary: During a visit to the barber, Max gets his hair cut and combed.
ISBN-13: 978-1-4048-2664-9 (hardcover)
ISBN-10: 1-4048-2664-5 (hardcover)
ISBN-13: 978-1-4048-3038-7 (paperback)
ISBN-10: 1-4048-3038-3 (paperback)
[1. Haircutting—Fiction. 2. Spanish language materials.] I. Gallagher-Cole, Mernie, ill. II. Lozano, Clara. III. Title. IV. Series.

PZ73.K545 2006
[E]—dc22                                                                  2006003599

# Max
## va a la peluquería

por Adria F. Klein
ilustrado por Mernie Gallagher-Cole

Traducción: Clara Lozano

Con agradecimientos especiales a nuestras asesoras:

Adria F. Klein, Ph.D.
Profesora emérita, California State University
San Bernardino, California

Susan Kesselring, M.A.
Alfabetizadora
Rosemount-Apple Valley-Eagan (Minnesota) School District

**Picture Window Books**
Minneapolis, Minnesota

A Max le gusta ir a la peluquería.

Max va a la peluquería cuando necesita un corte.

Conoce al peluquero.

Se sienta en el sillón. El peluquero
le pone una capa.

El peluquero peina a Max.

El peluquero le corta el pelo
de arriba de la cabeza.

Cortes para niños

El peluquero le corta el pelo
del lado de la cabeza.

El peluquero le corta el pelo
de atrás de la cabeza.

El peluquero le sacude el pelo que
le acaba de cortar.

Pelo lindo

El peluquero peina a Max.

Max se ve en el espejo.

El peluquero le da un peine a Max.

Max quiere regresar pronto
a la peluquería.

Peluquería

Horas

A Max le gusta su nuevo corte.

Le gusta ir a la peluquería.

23

# Más *Read-it!* Readers

Con ilustraciones vívidas y cuentos divertidos da gusto practicar la lectura. Busca más libros a tu nivel.

*Max va a la biblioteca*
*Max va a la escuela*
*Max va al dentista*
*Max va de compras*
*Max va en el autobús*

*Max aprende la lengua de señas*
*Max celebra el Año Nuevo chino*
*Max come al aire libre*
*Max se queda a dormir*
*Max y la fiesta de adopción*

## En la red

FactHound ofrece un medio divertido y confiable de busca portales de la red relacionados con este libro. Nuestros expert investigan todos los portales que listamos en FactHound.

1. Visite *www.facthound.com*

2. Escriba este código:
   140481180X

3. Oprima el botón FETCH IT.

¡FactHound, su buscador de confianza, le dará una list de los mejores portales!

**www.picturewindowbooks.com**